LE JOURNAL

DU CAPITAINE PRILLIEUX

(1793-1796)

publié sur le cahier original

PAR JULES PRILLIEUX

AVEC ANNOTATIONS

PAR HENRI JADART

DOLE-DU-JURA

IMPRIMERIE PAUL AUDEBERT

43, RUE DES ARÈNES, 43

—

1911

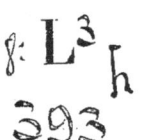

LE JOURNAL

DU CAPITAINE PRILLIEUX

(1793-1796)

On est aujourd'hui désireux de lire les documents vécus, les récits militaires ou autres, bien authentiques et personnels. La *Revue historique ardennaise* s'est empressée de publier, en 1908 : *Le Cahier du sergent Philippot* (1793-1815), resté inédit entre les mains de ses descendants, très avantageusement mis en lumière et annoté par M. Émile Peltier, professeur d'histoire au Lycée de Charleville[1]. Parti comme volontaire de Ham-les-Moines en 1793, revenu seulement en 1815 au pays natal, mort en 1853, Félix Philippot avait consigné dans son récit le souvenir de ses campagnes sur le Rhin et aux Alpes et de sa captivité en Angleterre. Un autre document du même genre, relatif à la garde nationale de Charleville, vient aussi de paraître dans la même Revue[2]. Signalons, en outre, une pièce analogue, un Carnet d'étapes d'un simple soldat, qui a été récemment publié à Arras[3].

C'est aussi une relation bien personnelle, mais beaucoup moins vaste pour l'étendue et la durée, que nous apportons comme une nouvelle contribution à l'étude des guerres de la Révolution et de la part qu'y prirent nos compatriotes

---

1. Texte précédé d'un avant-propos et suivi d'un appendice, dans la livraison de cette Revue de mars-avril 1908, p. 61 à 108.

2. *Le Journal du capitaine Descarreaux* (28 juin-8 septembre 1815), récit de la captivité de dix-neuf officiers de la Garde nationale de Charleville à Wesel, publié par P. Laurent dans la *Revue historique ardennaise*, juillet-août 1910, p. 165 à 194.

3. *Un soldat de la Iʳᵉ République. Carnet d'Etapes aux Pays-Bas et en Allemagne* (7 floréal an II-17 ventôse an VII), publié et annoté par M. J. Sion, membre résidant, dans les *Mémoires de l'Académie des Sciences, Lettres et Arts d'Arras*, 2ᵉ série, t. XI, 1909, p. 327 à 373, avec une carte des régions parcourues par le soldat Lefebvre.

ardennais. Quatre années seulement y sont relatées et les faits militaires concernent seulement le siège de Valenciennes et la surprise du camp de Famars au mois de mai 1793. Le reste de la narration est le journal rédigé à chaque étape de la longue odyssée des prisonniers de guerre emmenés par les Autrichiens, de Famars à Pesth, à travers la Flandre, la Hollande, les bords du Rhin, le Wurtemberg, la Souabe, la Bavière, les bords du Danube, l'Autriche et la Hongrie. Une description rapide des villes et des bourgades traversées par les captifs, quelques traits humoristiques et des remarques, curieuses à relire un siècle plus tard, sur les mœurs des habitants, sur leurs costumes, sur l'usage de l'eau minérale, sur les désordres d'un couvent à Cologne, sur l'agriculture et l'industrie, voilà le réel intérêt et le côté historique de cette narration fort simplement écrite et destinée, sans nul doute, à un mémorial de famille.

Le cahier où ces événements sont consignés est resté, en effet, dans les papiers des descendants de l'auteur, intact, sans lacération, avec une lettre annexe, adressée en 1795 à la mère de l'auteur par un des compagnons de captivité de son fils pour la rassurer sur son sort [1]. Cette lettre et le texte entier du récit sont reproduits ici dans leur intégralité, avec des notes d'identification des noms de lieux, sauf pour ceux, en petit nombre, qui sont demeurés incertains à la lecture ou non compris dans les dictionnaires et les atlas que nous avons pu consulter à la Bibliothèque de Reims [2].

Nous avons amélioré la ponctuation, mais respecté l'orthographe. Quant à un renvoi à un ouvrage général traitant

---

1. Petit cahier cousu, de vingt centimètres de hauteur sur douze de largeur, comprenant dix-sept pages écrites, six blanches en tête et une à la fin, soit 24 pages en tout. La copie en a été faite, avec autant d'obligeance que de soin, par M. Jules Prillieux, maire de Villers-devant-le-Thour, petit-fils de l'auteur, qui possède cette intéressante relation. Nous n'avons eu qu'à l'annoter.

2. Principalement le *Nouveau Dictionnaire de Géographie universelle*, par Vivien de Saint-Martin, édition de 1879, 7 vol. in-4° et 2 vol. suppl. — *Atlas de Géographie moderne*, par F. Schrader. Paris, Hachette, 1890. — ADOLF STIELER's *Hand Atlas*. Gotha, Justus Perthes, s. d., pet. in-f°. — Nous devons la plus vive reconnaissance à M. le docteur de Bovis, notre confrère à l'Académie de Reims, qui a bien voulu réviser nos identifications de noms dans la vallée du Danube, dont il a approfondi l'histoire et la géographie depuis les temps les plus anciens.

des faits de guerre de l'époque, c'est naturellement aux beaux livres de M. Arthur Chuquet qu'il faut recourir : *Les Guerres de la Révolution*, X, Valenciennes (1793), car on y trouvera le point de départ de la captivité à la date même donnée par notre auteur au début de son récit (23 mai 1793), et, avec elle, tous les détails nécessaires sur la prise par l'ennemi de ce camp retranché de Famars, établi avec confiance par le général Dampierre à proximité de Valenciennes [1]. La relation du capitaine Prillieux peut apporter quelques circonstances nouvelles sur cet événement, mais elle en fournira surtout pour connaître le sort des prisonniers de guerre qui inaugurèrent là une longue et ambulante captivité dont nous n'avons vu nulle part ailleurs la trame se dérouler, au jour au jour, jusqu'en 1796.

Nous n'avons plus maintenant qu'à faire la connaissance de l'homme courageux qui supporta avec vaillance cette dure épreuve. Jean-Baptiste Prillieux était né, en 1766, à Rozoy-sur-Serre (Aisne), d'où il partit vraisemblablement pour l'armée en 1793, à l'âge de vingt-cinq à vingt-six ans, lors d'une levée en masse. Il fut sans doute élu capitaine par ses compatriotes réquisitionnés à la même date et pleins de confiance en lui [2]. Nous le supposons du moins par analogie avec d'autres officiers, car il ne dit rien lui-même de son entrée au régiment, ni de la manière dont il conquit son grade. Il était d'ailleurs pourvu de connaissances suffisantes dans les sciences, puisqu'aux heures de captivité il donna des leçons d'arithmétique, d'algèbre et de géométrie à ses compagnons d'infortune, comme l'un d'eux l'écrivit en 1795 à sa mère dans une lettre publiée ici en appendice.

La carrière militaire n'était point cependant la vocation de sa vie, car nous le voyons, dès la fin de sa captivité, rentrer dans la vie civile et épouser, en 1797, l'une de ses

---

1. Ouvrage cité plus haut. Paris, Plon, s. d., p. 88 à 98. Carte en tête.

2. Levée en masse de 300.000 hommes, d'après la loi du 24 février 1793 : « Dans chaque ville et dans chaque village, les célibataires ou veufs, sans enfants, âgés de 18 à 40 ans, s'assemblaient et désignaient parmi eux les réquisitionnés... Le service n'était dû que pour une campagne. Chaque groupe de 100 réquisitionnés élisait son capitaine... » (E. PELTIER, *Le Cahier du sergent Philippot*, avant-propos, p. 62, de la *Rev. hist. ardenn.*, mars-avril 1908).

cousines du même nom, à Villers-devant-le-Thour [1], localité où il mourut le 15 septembre 1842, à l'âge de 75 ans.
Son épitaphe, qui se lit sur la sépulture de famille dans le
cimetière de cette commune, lui conserve son titre de
capitaine, et nous la donnons en entier comme une preuve
de l'estime que lui valut son caractère dans son utile
existence de grand propriétaire rural : *Jean-Baptiste Prillieux, 1er suppléant du Juge de Paix d'Asfeld, ancien Capitaine, ancien maire, membre du collège d'arrondissement... Bon
et charitable, il aimait à faire le bien et il emporte les regrets
de sa famille et de tous ceux qui ont pu apprécier ses bonnes
qualités.* — Son épouse, Nicolle-Gabrielle-Louise Prillieux,
lui survécut et mourut le 16 août 1847, à l'âge de 71 ans.
— Leur fils, Jean-Nicolas Prillieux [2], maire, membre du
Conseil général des Ardennes, mourut à Bagnères-de-
Bigorre le 28 août 1853, à l'âge de 56 ans, et repose dans
la même sépulture.

Ajoutons, en terminant, que l'on trouverait facilement
encore d'autres cahiers et journaux intéressants à publier,
restés jusqu'ici dans l'ombre et le fatras des papiers de famille. Nous avons eu la bonne fortune d'en recueillir un
de ce genre à la Bibliothèque de Reims, œuvre d'un volontaire des environs de Pontavert, François Guénart, qui
composa le récit de ses campagnes de 1793 à 1799, sur le
Rhin, en Allemagne et en Italie, et le fit suivre de pièces
et documents divers, de chansons, etc. [3]. La partie militaire
de ce recueil peut être utilement signalée aux historiens
qui recourent volontiers maintenant aux plus humbles des
chroniqueurs, s'ils sont véridiques, précis et de bonne

1. Le 6 nivôse an V (26 décembre 1796), acte de mariage de Jean-Baptiste
Prillieux, marchand, natif de Rozoy-sur-Serre (16 déc. 1766), âgé de 30 ans et
9 jours, signé de Prillieux (sa mère et autres), Brochart, Hourlier, Prudhomme
et Philippot, agent de la commune. (*État-civil*, registres de la mairie de
Villers-devant-le-Thour).
2. Il était né en la même commune le 23 brumaire an VI.
3. En voici le titre du début : « Livre de Marche et Contre Marche qui com-
mance de L'an troisième de la république française une et Indivisible, corres-
pondant à l'année mil sept cent quatre vingt treize, v. Stil. 1793. — Ce présent
livre appartient à François Guénart, volontaire au premier bataillon, huitième
compagnie... A commencé de mon départ que je suis partie de chez nous qui est
la commune de la Ville aux Bois Pontavert, canton de Roucy et département de
l'Aisne ; que je suis partie le quinze d'aout de l'année mil sept cent quatre
vingt treize pour nous rendre à Laon... » (*Manuscrit relié in-12, acquis en
1906*, de 200 pages numérotées pour les campagnes).

foi. Celui-ci nous paraît avoir toutes ces qualités réunies ;
en outre, son écriture est nette, son texte suffisamment
clair, et nous souhaitons le voir éditer un jour par l'une
des Sociétés savantes du département de l'Aisne.

Le Journal du capitaine Prillieux, que nous publions
ci-après, ne porte pas de titre ; l'original commence sans
aucun préambule.

HENRI JADART.

Le vingt trois may de l'an 1793, jour mémorable pour
moi et tous ceux des camarades et frères d'arme qui
étoient avec moi, depuis vingt quatre heures j'étois de
garde au dessus d'Aulnois [1], aux redouttes avancées du
camp de Famars [2]. Toute la nuit nous entendîmes l'ar-
tillerie du camp ennemi en mouvement et la nuit qui
étoit sombre nous empêchoit de découvrir leur intention ;
fermes, nous attendîmes à notre poste quel en seroit le
résultat ; malheureusement pour nous, un brouillard épais
que le soleil eut peine à chasser, les favorisa ; nous ne
vîmes que vers les quatre à cinq heures à la portée de
canon une colonne qui descendoit sur nous. Bientôt notre
résistance leur deffendit d'avancer plus loin, nous n'eus-
sions eu qu'elle à combattre, que tous foibles que nous
étions, nous ne serions pas tenus ici [3].

Nous nous batîmes pendant trois heures et malgré une
grelle d'obuses et de boulets, que l'ennemy faisoit pleuvoir

1. *Aulnoy* (Nord), canton de Valenciennes.
2. *Famars*, commune de l'arrond¹ et à 5 kil. de Valenciennes, le *Fanum Martis* des Romains. En 1793, le général Dampierre y établit un camp fortifié pour la défense de Valenciennes. Voir sur les opérations militaires, à cette époque, autour du camp de Famars, *Les Guerres de la Révolution*, par Arthur Chuquet, X, Valenciennes (1793), p. 73 à 98.
3. Tenus ici, c'est-à-dire en captivité, ce qui prouve que le journal fut com-
mencé à rédiger au cours des marches des prisonniers sur un point quelconque
de la route.

dans notre redoutte, il ne put nous approcher d'un pas ;
mais une autre colonne ennemie qui, dès trois heures du
matin, à la faveur du grand brouillard, étoit passée sur la
droite par les villages, avoit tellement tourné qu'elle tombât
sur les redoutes qui devoient faire retraite sur nous ; se
trouvant come nous trop foibles pour tenir, ils se retirèrent
après une décharge ou deux de canon sans nous prévenir
et nous laissèrent investir au moment que nous y pensions
le moins. Aussitôt plusieurs escadrons de cavalerie en-
tourent notre redoute ; ils alloient entrer, sans une pièce
de canon qui n'ayant pas le temps de sortir de la redoute
fut aussitôt braquée sur eux et leur ferma l'entrée. Arrivent
au même instant les grenadiers hongrois et grand nombre
d'autres bataillons d'infanterie. Nous nous batimes sur les
banquettes environ un bon quart d'heure, espérant du
secours, mais il n'en vint point. Nous nous trouvâmes
obligés de céder au grand nombre des ennemis qui avoient
déjà monté à l'assaut, et de rendre les armes.

Constitués prisonniers à la merci des soldats, nous étions
dépouillés et déshabillés en recevant des bourades de toute
part. Nous restâmes environ une heure dans cette cruelle
position ; le pillage finie, on nous fit conduire dans l'état
où nous étions, sans habit, sans col, sans chapeau, et
même plusieurs à jambes nues, au quartier général à Que-
verain [1]. Jusqu'alors j'étois mêlé avec les soldats que l'on
fit entrer dans une grange. Sur les six heures du soir on
vint les passer en revue et les enregistrer. Ce fut à ce
moment qu'on me retira d'eux pour rejoindre les autres
officiers, qui s'étant fait reconnoitre plutôt avoient été sé-
parés en arrivant et conduits dans une auberge de l'endroit. Là, gardés par deux sentinelles nous ne pouvions
sortir de la chambre qu'un seul à la fois et suivis d'un des
deux sentinelles pour vacquer au bessoin de la nature.
Nous souppâmes assez tard et assez tristement ; mais nous
passâmes une assez bonne nuit. La fatigue du matin et de
la chaleur que nous avions essuyées pendant quatre lieux
de marche à l'ardeur du soleil, fit que nous nous trouvâmes
bien sur notre lit de paille.

1. *Quiévrain*, bourg du Hainaut (Belgique), arr. de Mons.

Le lendemain 24 du mois, à huit heures du matin, on nous apporta un modèle de revers [1], pour que nous donnions chacun le nôtre signé de notre main. Nous reçumes notre traitement jusqu'au 1er de juin. Le soir on nous fit passer une 2ème revue et partir pour Bossu [2], à deux lieux de Quevrain ; nous étions conduit sur des voitures ; arrivés sur la place nous fûmes sur le champ environnés de monde. L'officier de conduitte, qui étoit un brave homme, nous mena dans la meilleure auberge ; nous y eûmes la visite de plusieurs personnes honettes qui nous plaignirent. Nous y soupâmes bien et y reposâmes encore mieux, quoique toujours sur la paille.

Le lendemain nous allâmes à Mons [3], ville capitalle du pays hainault autrichien et distante de 3 lieux de Bossu. En passant sur la place, nous y reçumes quelques insultes. L'on nous conduisit au quartier St Jacques ; il y avoit déjà d'autres prisonniers de guerre, entre autres un curé qui, pris pour espion, avoit au contraire perdu la tête. Sa paye étoit d'un sol par jour, sans pain. Les soldats qui ne recevoient que quatre sols étoient obligé de le nourrir avec eux, pour l'empêcher de mourir de faim ; on prenoit plaisir à le faire prêcher pendant une heure pour un sol ; nous ne nous plaindrons point d'avoir été là mal gardés : jour et nuit nous avions une sentinelle dans notre chambre, sans compter trois dans les escalliers et deux à la porte de la cour ; nous y restâmes huit jours.

Le commissaire qui en arrivant nous avoit passés en revue, nous fit espérer que nous pourrions être échangés sous peu de jours, malheureusement il n'y eut qu'un lieutent de grenadier qui le fut ; nous espérions que notre tour viendroit ensuite, nous fûmes bien trompés. Le lendemain nous eûmes l'ordre de partir le surlendemain pour Bruxelles [4], à dix lieux de là. Nous mîmes deux jours pour y arriver. Le premier jour qui étoit le 3 juin, nous fîmes cinq lieux jusqu'à Braine le Compte [5], petite ville

1. Terme de capitulation, convention souscrite par les prisonniers de guerre pour ne plus porter les armes.
2. *Boussu-lès-Mons*, bourg sur la route de Valenciennes à Mons.
3. *Mons*, ville de Belgique (Hainaut).
4. *Bruxelles*, capitale du royaume de Belgique.
5. *Braine-le-Comte*, ville de Belgique (Hainaut).

aussy du Hénault. Le deuxième jour à Bruxelles nous
fûmes conduits par un homme extraordinairement dur ; il
sembloit prendre plaisir à nons voir souffrir de la chaleur
extrême qu'il faisoit. Les soldats qui tomboient foibles de
soif étoient relevés à coups de bâton ; arrivés à Bruxelles,
le quatre, on nous fit traverser deux fois la ville pour nous
montrer au peuple ; enfin l'on nous rendit aux Annon-
ciades. C'étoit ci-devant un couvent, car nos soldats
étoient couchés dans une église et nous dans un endroit
assez malsein par son humidité.

Nous en partîmes trois jours après pour aller à Ruremonde [1] ; pour notre conduite nous eûmes un officier
aussy doux que le dernier l'étoit peu. Les cinq jours de
marche que nous avions à faire furent agréables. La première journée nous allâmes à Louvain [2], distante de
Bruxelles de quatre lieux. Cette ville est recommendable
par son commerce et l'université. On nous logea dans un
couvent inhabité, nous y passâmes la nuit sans craindre
d'indisgestion, car nous y trouvâmes à peine du pain et de
la bierre. Le lendemain à Dieste [3], quatre lieux, petite ville
autrichienne, nous fûmes logés dans des auberges et pour
la première fois nous eûmes la liberté de nous promener
dans la ville. Le troisième jour nous fîmes cinq lieux pour
aller à Courcelles [4], grand village hollandois considérable,
où nous fûmes logés chez le bourgeois. Nous y fûmes bien
reçus malgrés la paine que nous avions de nous faire en-
tendre. Le quatrième jour nous fîmes encore trois lieux
pour aller à Wirtes [5], petite ville. Nous y eûmes aussi la
liberté de nous promener. Nous étions logés chez le bourgeois qui nous reçut encore plus volontiers que le dernier.
L'armée françoise y avoit été quatre jours.

Enfin la cinquième journée nous passâmes une vaste
campine, longue de 7 lieux, pour arriver à Ruremonde,
lieu de notre destination. C'étoit le 14 de juin. Le major
de la place, homme fort dur, vint nous passer en revue et

1. *Ruremonde*, ville de Hollande (Limbourg).
2. *Louvain*, ville de Belgique.
3. *Diest*, ville de Belgique (Brabant).
4. *Coursel*, bourg de la province de Limbourg belge.
5. *Weert*, ville de Hollande (Limbourg).

nous fit conduire au collège des Jésuites de cette ville. La liberté que nous y avions n'étoit pas grande ; elle nous défendoit de sortir de la chambre, même pour les bessoins de la nature, et la porte étoit interdite à tous bourgeois qui auroit voulu nous venir voir. Il ne nous étoit pas même permis de faire entrer une blanchisseuse ; cependant nous y restâmes environ sept semaines ainsi détenus.

Fin de ce temps, que nous ne pouvions regretter, nous partîmes pour Colongne. C'étoit le vingt de juillet, nous mîmes trois jours et passâmes par Schwanenberg et Engelstorf [1] ; ces deux villages étoient distants l'un de l'autre de 5 lieux ; mais pour arriver à Cologne, nous fîmes 7 lieux sans trouver un fétu qui puisse déboucher un tuyau de pipe. Ce pays aride enfin passé, nous arrivâmes à Cologne, ville impériale sur l'Electorat de Bonne [2]. L'on nous conduisit chez les Augustins, nous y logeâmes huit jours dans une chambre basse. Là, pour la première fois, je vis tous les désordres d'un couvent. C'étoit à qui mieux mieux boiroit et amèneroit la plus jolie femme au couvent ; il faudroit être bien ennemi des plaisirs pour ne point se plaire dans cette maison de retraite et de pénitence. Le 30 [3], nous en partîmes et vînmes coucher à Bonne, ville d'Allemagne où réside l'Electeur. Cette ville est charmante, bien batie sur le bord du Rhin. Les habitans y sont affables, les femmes charmantes, sans luxe, mais avec goux.

Le 31, à Reimagen [4], petit bourg du Palatinat.

Le 1e aout à Endrenach [5], Electorat de Trèves, sur le Rhin, de là descendent des rats d'eaux [6], de construction en Hollende. Ce pays est fertile en bled et en vin ; on y voit encore quelques vestiges des Romains. Là, je bus pour la première fois de l'eau minérale dont la propriété est excellente, surtout avec du vin. Nous y eûmes séjour.

---

1. *Engelsdorf*, village des Etats prussiens, province rhénane.

2. *Cologne* et *Bonn*, grandes villes des Etats prussiens, sur le Rhin.

3. Une note écrite au recto du premier feuillet confirme cette date : « Le 30 juillet, nous partimes de Cologne et nous fûmes à Bonne, ville de..... » ; le reste interrompu.

4. *Remagen*, près de l'embouchure de l'Ahr et du Rhin, rive gauche.

5. *Andernach*, petite ville de la prov. du Rhin (Prusse occid.), dans le voisinage, sources minérales acidulées avec établissement de bains. Plusieurs vestiges de l'époque romaine, mur d'enceinte.

6. *Radeaux*, assemblage de poutres formant sur l'eau une sorte de plancher.

Le 3, à Coblance, ville forte de l'Electorat de Trèves, au confluent du Rhin et de la Moselle [1]. C'est une ville très peuplée et très vivante.

Le 4, nous passâmes le Rhin sur un pont volant pour nous rendre à Montabauer [2], ville de la Vetefavie [3], appartenant à l'Electorat de Trèves. Les femmes y ont un singulier costume, un petit corset et un jupon noir avec des bas rouges et des soulliers à hauts talons ; leur corset, lassé par derrière, leur montent sous le cou en forme de cuirasse ; leur mouchoir rayés jaunes sont noués par derrière leur coeffure, un baiguin de drap formant l'entonnoir.

Le 5, à Limbourg [4], ville de l'Electorat de Trèves. Cette ville est pauvre et les habitants sans industrie.

Le 6, séjour.

Le 7, à Greenwisbach [5], bourg peuplé de juifs.

Le 8, à Friedieberg [6], ville libre et impérialle du landgraviat.

Le 9, à Vielbelle, bourg mixte mayençois et Hessé d'Armstat [7], sur la route de Francfort ; le 10, nous y eûmes séjour.

Le 11, par Francfort sur le Main [8], ville libre impérialle, grande et florissante par son commerce ; les foires y sont les plus belles de l'Europe, c'est aussy là que l'on couronne les empereurs d'Allemagne ; nous logeâmes à Sprinlingan [9], à deux petite lieux de Francfort, dans la principauté d'Offenbourg [10].

Le 12, à Evrestadt [11], mauvais bourg du landgraviat.

1. *Coblentz*, grande ville des Etats prussiens.
2. *Montabaur*, ville voisine des montagnes de Westerwald, à 3 l. 1/2 de Coblentz, nommée *Mont-Thabor* par un archevêque de Trèves.
3. *Westphalie*.
4. *Limburg-an-der-Lahn*, prov. de Hesse-Nassau.
5. *Greenwisbach*, localité non citée par Vivien de Saint-Martin.
6. *Friedberg*, ville de la Hesse-Darmstadt ; cessa d'être ville libre en 1802.
7. *Vilbel* (un peu au nord de Francfort). — Par cette phrase un peu contradictoire l'auteur a dû vouloir dire : « Vilbel, bourg appartenant en partie au territoire de Mayence et à la Hesse-Darmstadt. »
8. *Frankfurt* ou *Francfort-sur-le-Main*, province de Hesse-Nassau.
9. *Sprendlingen*.
10. *Offenburg*, en allemand.
11. *Eberstadt*.

Nous avons laissé sur notre gauche, la ville d'Armstadt [1], qui nous parut assez belle. Près de la ville, à notre droite, étoit un camp d'instruction.

Le 13, à Heppenheim [2], ville de l'Electorat de Mayance, mal bâtie.

Le 14, séjour.

Le 15, à Schrisseim [3], petit bourg du Palatinat, les habitants y sont honnettes, le pays riche et bien cultivé.

Le seize, par Heidelberg, ville antique sur le Necker [4]; nous ne fîmes que passer dans la ville et par la plus forte pluie que nous ayons eu de toute la route ; au sortir de la ville bien crottés et bien mouillés, nous passâmes la revue du prince des Deux Ponts qui avoit à sa suite plusieurs seigneurs et quelque jolie femme. Nous allâmes loger à Visloch [5], petit bourg du Palatinat.

Le 17, à Veibstadt [6], petite ville assez sale de la principauté et évêché de Spire ; nous y eûmes séjour.

Le 19, à Bœkingen [7], petit bourg d'empire à 1/4 de lieu d'Heilbron [8].

Le 20, par Heilbron, ville libre impériale assez vivante, mais antique ; nous logeâmes à Betigheim [9], bourg riche par son terroir cultivé de vigne. Les cottes et les rochers le long de notre chemin sont comme des ruines ancien âge d'une citadelle et font frémir à leur aspect. Cependant elle sont bien cultivées et couvert de vignes.

Le 21, par Loudewit [10], bourg du duché de Wirtemberg où réside le prince en été ; nous logeâmes à Kamstadt [11], du duché de Wirtemberg, à une lieu de Stougard [12], capitale et résidence du prince ; nous y eûmes séjour.

1. *Darmstadt*, capitale du grand duché de Hesse.
2. *Heppenheim* et non *Oppenheim*, qui est sur la rive gauche du Rhin et au S. S. E. de Mayence, c'est à dire très loin de l'étape suivie par l'auteur, alors que Heppenheim est à 25 k. environ d'Eberstadt et sur la ligne d'étapes suivie.
3. *Schriesheim.*
4. *Heidelberg*, sur le Neckar, grand-duché de Bade.
5. *Wiesloch.*
6. *Waibstadt.*
7. *Böckingen.*
8. *Heilbronn*, ville du cercle du Neckar (Wurtemberg).
9. *Besigheim.*
10. Il a dû écrire « Loudewit », c'est-à-dire *Ludwisburg.*
11. *Cannstatt.*
12. *Stuttgart*, capitale du Wurtemberg.

Le 23, par Eslingen [1], ville libre et impériale de la Haute Suabe [2], grande et bien peuplée, nous allâmes à Ebersbach [3], pays beau et bon où les habitants sont simples, laborieux, de bonne foi et honnêtes.

Le 24, par Grospingen [4], ville de la Haute Suabe ; cette ville annonce de la riche(sse) par les apprêts d'une foire qui alloit s'y faire ; nous logeâmes à Keislingen [5], petite ville libre et impériale d'Ulme [6]. Les femmes y portent des corps très long en forme de cuirasse, qui se lacent par devant avec des chaînes d'argent massif.

Le vingt cinq, à Langenaw [7], village de la Haute Suabe.

Le vingt six, à Quinzbourg [8], ville de la Haute Suabe, à un quar de lieux du Danube ; c'est dans cette ville que se fit le mariage de Louis XVI avec Marie-Antoinete d'Autriche ; elle y avoit une superbe maison avec de beau jardin [9] ; on y bat encore monnoie ; nous y restâmes 4 jours.

Le 30, on nous embarqua sur le Danube, nous arrivâmes le soir à Sondern, mauvais village de la Bavière.

Le 31, à Donnaverte [10], ville de la Haute Bavière, à l'extrémité de cette ville est la fameuse abbaye de Ste Croix.

Le 1e 7bre, à Meuxheim [11], village du Palatinat de Neubourg [12], nous arrivâmes de nuit.

1. *Esslingen*, ville du cercle du Neckar (Wurtemberg).

2. *Souabe.*

3 *Ebersbach*, village du cercle du Danube (Wurtemberg).

4. *Göppingen*, ville du cercle du Danube (Wurtemberg).

5. *Geislingen*, id.

6. *Ulm*, ville du Wurtemberg.

7. *Langenau*.

8. *Gunsbourg* ou *Günzburg*, ville de Bavière, au confluent du Günz et du Danube.

9. C'est une erreur. Cette princesse passa à Gunsbourg le 30 avril 1770 et y fut certainement bien reçue et logée. Mais le mariage, par procureur, du Dauphin avec Marie-Antoinette, avait été célébré à Vienne le 19 avril 1770, à six heures du soir, dans l'église des Augustins. (On en trouvera le récit dans la *Gazette de France*, du vendredi 11 mai 1770, p. 149.) — Le départ de Vienne de la Dauphine eut lieu le 21 avril ; elle arriva à Munich le 25, à Augsbourg le 29, et elle en partit le 30 pour Gunsbourg, où elle rencontra la princesse Charlotte de Lorraine. (*Gazette de France*, du 14 mai 1770, p. 154). — L'entrée à Strasbourg se fit le 7 mai, à Nancy le 9 mai, à Châlons le 11 mai, à Compiègne le 14 mai, et enfin à Versailles le 16 mai, où le mariage eut lieu le jour même, à 1 heure, dans la chapelle du château. (*Gazette de France*, p. 160 à 166.)

10. *Donauwörth.*

11. Probablement *Mosheim*.

12. *Neuburg*, ville du cercle de Souabe (Bavière).

Le 2, nous passâmes la nuit sur le bateau qui étoient engravé au milieu du Danube.

Le 3, à Neudstadt [1], petit bourq.

Le quatre, à Ratisbonne [2], ville libre et impériale sur le Danube, au cercle de la Bavière, siège ordinaire de la diète des différents cercles et de toutes les principautés.

Le 5, à Straubing, jolie ville de la Haute-Bavière, très peuplée.

Le 6, à Weppenheim, mauvais village ; nous passâmes la ville de Passaut [3], sa position le long du Danube est superbe. Les rivières de l'Yps et de Lintz [4], qui joignnent le Danube par deux côtés opposés, partagent cette ville, l'embelissent et l'enrichissent.

Le 8, à Lintz [5], capitale de la haute Autriche. Cette ville est très peuplée et fort commerçante ; on y voit un beau pont sur le Danube ; c'est la résidence des archiducs autrichiens.

Le 9, à Ips [6], mauvais village. Ce jour là nous passâmes le Stardel [7], passage assez dangereux à cause des rochers que l'on rencontre souvent.

Le 10, à Krems [8], jolie ville sur le Danube.

Le 11, à Stockrau, ville pauvre.

Le 12, à Neudorff [9], village à une demie lieu de Vienne [10], ou l'on nous étrilla fortement pour avoir notre nécessaire.

Le 13, nous couchâmes au bateau.

Le 14, à Thebey [11], premier village de la Hongrie.

Le 15, à Schwant, petit bourg de la Suabe et bavarois ; nous venions de passer près de Presbourg [12], capitale de la Hongrie où réside le vice-roi.

1. *Neustadt* (Bavière).
2. *Regensburg* ou *Ratisbonne*, grande ville de Bavière.
3. *Passau*, ville de Bavière.
4. *L'Inn* et *l'Ilz*.
5. *Linz*, ville d'Autriche.
6. *Ips* (Autriche) et *Ybbs*, d'après l'orthographe de l'atlas de Stieler. — Vivien de St-Martin donne les deux orthographes.
7. Lire : le *Strudel*.
8. *Krems* (Autriche).
9. *Nussdorf* (banlieue de Vienne).
10. *Wien*, capitale de l'Autriche.
11. *Theben*.
12. *Presbourg*, ancienne capitale de la Hongrie.

Le 16, à Chîtz[1], mauvais village ; nous passâmes ce jour là les villes de Offen, But et Peste[2] ; leur situation sur le fleuve est de toute beauté.

Le 17, à Vaesen[3], ville peuplée et bien bâtie.

Le 18, séjour, nous eûmes une revue du commissaire, et trente officiers, avec une partie des sous-officiers et soldats, furent destinés pour Esseck en Esclavonie[4].

Le 19, à Estchem, pauvre bourg.

Le 20, à Sedwartz, bourg bien situé.

Le 21, nous fûmes obligés de coucher au bateau.

Le 22, à Tolna[5], petite ville de la Hongrie.

Le 23, à Beya[6], bourg d'une grande étendue.

Le 24, à Padna[7], mauvais village de Vasiens et d'Esclavoniens.

Le 25, à Appatra[8], gros bourg où nous vîmes une carpe qui pesoit 47 l.

Le 26, à Dasse, triste village.

Le 27, à Palanca[9], tous vasiens et esclavoniens.

Le 28, à Petervaradin[10], ville fort et surtout la citadelle situé sur un rochés au bord du Danube, la ville qui est non loing de là parroît peu considérable et mal bâtie.

Le 29, à Carlovitz[11], ville de l'Esclavonie.

Le 30, à Stukle, mauvais vilage.

Le 1er 8bre, à Bielats, petit bourg.

Le 2, à Essca, idem. Là nous prîmes le canal de Themes, qui nous conduisit à Themesvar[12].

Le 3, à Blok, idem.

Le 4, à Stebe.

---

1. *Schütt.*

2. *Buda-Pesth,* capitale de la Hongrie. *Ofen* et *Pest* constituent le *Buda-Pest* des géographes français.

3. *Waitzen,* ville de Hongrie, peut-être ; *Duna Veese,* plutôt, car *Waitzen* est en amont de Buda-Pest ; or, l'auteur descend le Danube.

4. *Eszek,* capitale de l'Esclavonie ou Slavonie, province de l'empire austro-hongrois.

5. *Tolna,* bourg de Hongrie, sur le Danube.

6. *Baja.*

7. Probablement *Batina.*

8. *Apatin.*

9. *Palanka.*

10. *Peterwardein,* ville forte de Hongrie, Croatie-Esclavonie.

11. *Karlowitz.*

12. *Temesvar,* ville forte de Hongrie.

Le 5, à St-Michel.

Tous ces villages n'offrent rien que des habitants valaques, vasiens et esclavoniens, assez riches en bien, mais manquant d'industrie et indolents ; ils demeurent dans de misérables cabannes, ayant pour vettement d'été et d'hiver une peau de mouton sur le dot sur une chemise qui à peine descent sur le nombrile, avec un pantallon aussi de toile fait tout uniment et laissant voir, en hiver comme en été, deux pouces de chaire, entre la chemise et le pantallon.

Le 6, nous arrivâmes à Temesvar, lieux de notre destination ; avant d'entrer en ville, on prit encor trente officiers que l'on détacha pour Ratchat[1]. Entrés dans Themeswar, on nous mit dans un quartier où nous restâmes jusqu'au seize décembre suivant. Cette ville est fort bien bâtie et bien peuplé, scituée en plaine et environnée de marais qui la rende malsaine, nous y eûmes la liberté la plus entier, bien venus des habitans et regretté de chacun lorsque nous en partîmes.

Le 16 décembre, nous vinmes coucher à Billete[2], beau village.

Le 17, à St-Nicolas[3], bourg très étendu où nous vîmes beaucoup de françois colon ; là nous séjournâmes.

Le 19, à Péba, là nous vîmes des hongrois, allemands et valaques.

Le 20, à Segedin[4], ancienne forteresse presque ruinée, situé dans la Hongrie sur le bord de la rivière du Teise[5], qui sépare le Banatte[6] de la Hongrie. La forteresse de Segedin ne contient que des casernes et deux cantines assez mal montées ; après avoir resté là un an, nous sommes revenus à Peste, où l'on nous (a) enfermés dans le couvent

---

1. *Ratscha*, village d'Esclavonie, à la frontière de la Bosnie. Mais Ratscha était très fort à l'ouest de la direction et du territoire indiqués ; nous nous demandons s'il ne s'agissait pas de Resica (on prononce Ressitcha) qui est au sud-est de Temesvar.

2. *Billiet*.

3. *Saint-Miklos* (il en a fait Nicolas).

4. *Segedin* ou *Szegedin*, ville de Hongrie.

5. Sur la rive droite de la Theiss.

6. Le Banat est une ancienne division de la Hongrie, dont Temesvar était la capitale. Par Banat, l'auteur vise ici le banat de Temesvar, qu'on appelle souvent le Banat tout court, et non la Croatie, qui est fort distante.

de Klinzen [1] pendant 14 mois, puis on nous fit repasser le Danube, pour occuper un quartier de caserne à Peste [2], où nous restâmes encore 7 à 8 mois. C'est de là que je suis parti pour revenir en France, toujours en poste.

APPENDICE

I

Lettre adressée à la Mère du capitaine Prillieux par le capitaine Champenois, l'un de ses compagnons de captivité.

De Sarbourg, ce 9 8bre 1795.

Madame,

L'inquiétude où vous devez être du citoyen Prilleux, votre fils, l'intérêt qu'il a scu inspirer à ceux qui l'ont fréquenté, m'engage, comme ayant été de ce nombre, à vous prévenir que je suis parti de Pest en Hongrie le 4 du mois passé. Je l'y laissois en bonne santé, et que depuis à peu près deux ans que j'ai été en prison avec luy, il ne a point été malade, que probablement vous ne tarderez pas à le revoir.

Quoique je n'aye pas l'honneur d'être connu de vous, Madame, je n'ai pas balancé à prendre la liberté de vous écrire. L'estime, et la reconnaissance que nous a inspiré le citoyen votre fils en nous montrant soit l'arithmétique, l'algèbre, ou la géométrie, et le tout avec une complaisance et une honnêteté qui l'honore lui et ces estimables parents, il est bien juste que celui qui, en nous instruisant, nous a aidé à passer une captivité aussi longue que ennuyeuse, reçoive quelque légère marque de notre souvenir, en tirant ses parents d'une bien cruelle situation, car il m'a dit n'avoir point reçu de vos nouvelles, et il est à craindre que vous n'en n'ayez point eu non plus.

Si ma lettre vous parvient, madame, avant que vous n'ayez reçu les siennes, je serai bien flaté de vous avoir instruit de son existence, mais dans tous les cas, je vous prie de croire,

---

1. Monastère sécularisé.
2. Du moment qu'il avait passé le Danube, l'auteur était à *Ofen* ou *Buda*, qui est la ville jumelle de *Pest*.

Madame, que j'ai été conduit par des motifs d'amittié pour le citoyen Prilleux, et d'estime, avec lequel j'ay l'honneur d'être, avec respect, votre concitoyen,

CHAMPENOIS,

Capitaine au 7e B^{lion} de Paris,
rue St Denis, vis à vis St Chamond[1],
à Paris.

En suscription : La citoyenne, citoyenne Prilleux, M^{de}, à Rozoy, en Picardie.

II

Itinéraire du parcours des prisonniers de guerre de Famars à Pesth (Hongrie), avec les dates du séjour aux principales étapes de leur route en 1793, 1794, 1795 et 1796.

1793.

23 Mai, prise du camp de Famars, les prisonniers emmenés à Quiévrain (Belgique).

24 Mai, à Boussu-lès-Mons.

25 Mai, à Mons.

3 Juin, à Braine-le-Comte.

4 Juin, à Bruxelles.

7 Juin, à Louvain.

12 Juin, à Wert.

14 Juin, à Ruremonde (Hollande).

20 Juillet, départ pour Cologne (Prusse rhénane).

30 Juillet, départ pour Bonn.

1er Août, à Andernach.

3 Août, à Coblentz.

4 Août, à Montabaur.

5 Août, à Limbourg.

8 Août, à Friedberg (Hesse).

11 Août, à Francfort-sur-le-Mein.

13 Août, à Heppenheim.

16 Août, à Heidelberg (Grand-duché de Bade).

20 Août, à Heilbronn (Wurtemberg).

21 Août, près de Stuttgart.

23 Août, à Esslingen.

24 Août, à Geislingen.

1. *Saint-Chaumont,* hôtel de la rue Saint-Denis, devenu en 1685 la maison des Orphelines et Nouvelles Converties, congrégation de filles de l'*Union Chrétienne.* Voir la *Description de Paris,* par Piganiol de la Force, t. III, 1742, p. 211.

*

26 Août, à Günzbourg (Bavière).

4 Septembre, à Ratisbonne.

6 Septembre, à Passau.

8 Septembre, à Lintz (Autriche).

12 Septembre, près de Vienne.

14 Septembre, à Theben (Hongrie).

15 Septembre, près de Presbourg.

16 Septembre, près de Buda-Pesth.

28 Septembre, à Peterwarden.

6 Octobre, arrivée à Temesvar, séjour jusqu'au 16 décembre.

20 Décembre, arrivée à Szegedin et séjour d'un an.

1794.

Décembre, retour à Buda-Pesth et séjour au couvent de Klinzen pendant quatorze mois.

1795 et 1796.

Continuation du séjour à Buda-Pesth, dans un quartier de caserne, pendant sept à huit mois, et enfin retour en France vers la fin de l'année 1796.

JULES PRILLIEUX
et HENRI JADART.

Extrait de la *Revue historique Ardennaise*

(Livraison de Mai-Juin 1911)

———————

Tirage a part a 30 Exemplaires

dont 6 sur papier vergé

43

www.ingramcontent.com/pod-product-compliance
Lightning Source LLC
Chambersburg PA
CBHW061741180626
46818CB00006B/2698